JEUNESSE

Collection dirigée par
Anne-Marie Villeneuve et
Marie-Josée Lacharité

Effrayons
les monstres !

Du même auteur

Jeunesse

Tu me feras pas peur!, Montréal, Québec Amérique, 2008.
Les Catacombes du stade olympique, Montréal, Trécarré, 2007.
Le Cri du chaman, Montréal, Trécarré, 2007.
Les Démons de la grande bibliothèque, Montréal, Trécarré, 2006.
Le Peuple des profondeurs, Montréal, Trécarré, 2006.

Effrayons les monstres !

CLAUDE CHAMPAGNE
ILLUSTRATIONS : ALEXANDRE GIRARD

QUÉBEC AMÉRIQUE jeunesse

Catalogage avant publication de Bibliothèque et Archives nationales du Québec et Bibliothèque et Archives Canada

Champagne, Claude
Effrayons les monstres
(Bilbo ; 172)
(Marie-Anne ; 2)
Pour les jeunes.
ISBN 978-2-7644-0640-3
I. Titre. II. Collection: Bilbo jeunesse ; 172.
PS8555.H355E33 2008   jC843'.54   C2008-940869-1
PS9555.H355E33 2008

 Conseil des Arts du Canada   Canada Council for the Arts

Nous reconnaissons l'aide financière du gouvernement du Canada par l'entremise du Programme d'aide au développement de l'industrie de l'édition (PADIÉ) pour nos activités d'édition.

Gouvernement du Québec – Programme de crédit d'impôt pour l'édition de livres – Gestion SODEC.

Les Éditions Québec Amérique bénéficient du programme de subvention globale du Conseil des Arts du Canada. Elles tiennent également à remercier la SODEC pour son appui financier.

Québec Amérique
329, rue de la Commune Ouest, 3e étage
Montréal (Québec) H2Y 2E1
Téléphone: 514 499-3000, télécopieur: 514 499-3010

Dépôt légal: 3e trimestre 2008
Bibliothèque nationale du Québec
Bibliothèque nationale du Canada

Révision linguistique: Diane-Monique Daviau
Mise en pages: Andréa Joseph [pagexpress@videotron.ca]
Conception graphique: Louis Beaudoin

Imprimé au Canada

1

La tanière
du traître

Cela faisait maintenant une semaine que Marie-Anne arrivait à trouver le sommeil sans Bidon, son fidèle allié en peluche. Sept jours et surtout sept nuits que Marie-Anne n'avait pas prononcé la formule magique. Bidon ne s'était pas transformé en pingouin géant et n'avait pas dit un mot. Il trônait sur le bureau, parmi les vieilles affaires de la jeune fille. Le soir, avant d'aller dormir, elle évitait de regarder son ancien compagnon d'armes. Elle ne voulait pas lui faire de peine. Le matin, elle se réveillait avec ses longs cheveux blonds bouclés tout en broussaille devant les yeux. Elle sautait rapidement hors du lit et ne jetait même pas un œil vers son toutou. La poussière s'accumulait lentement sur lui.

Bidon avait eu raison. Marie-Anne n'avait plus besoin de lui. Elle était désormais capable d'affronter les envoyés du vampire sans son aide. Du moins, c'est ce qu'elle croyait. Aucun monstre ne s'était manifesté depuis. Ce devait être bon signe, se disait-elle. La rumeur avait dû se propager parmi les morts-vivants : inutile de tenter de l'effrayer. La blondinette au nez retroussé était trop forte.

Malgré tout, Marie-Anne s'ennuyait de ses batailles aux côtés de Bidon. De leurs prouesses héroïques ! comme aurait dit le valeureux pingouin. Cette nuit, elle avait rêvé que Bidon s'était fait kidnapper par un cannibale, un ogre et un tigre géant. Elle n'avait rien pu faire pour le sauver de ces barbares. Toutes ces créatures du vampire s'étaient disputées pour dévorer son ami.

Marie-Anne ouvrit alors les yeux avec un léger pincement au cœur. Cet horrible cauchemar avait eu l'air si réel… Pour se rassurer, elle bondit sur ses pieds et se précipita pour retrouver Bidon sur son bureau. Mais voilà… Bidon avait disparu !

Oh non… Se pouvait-il que ?…

Prise de panique, elle frotta ses grands yeux verts pour mieux se réveiller. Mais non, pas de trace du pingouin. Elle releva la manche de sa jaquette et se pinça le bras. Ouch ! Pas de doute, elle ne dormait pas. Où pouvait-il être ?

Marie-Anne se refusait à croire que son rêve avait dépassé la fiction. La jeune fille avait beau chercher partout dans sa chambre, sous son lit, derrière le bureau… Bidon demeurait introuvable.

Elle songea alors au seul être ignoble qui aurait pu s'emparer de son toutou pendant son sommeil : Jocelyn, son ado de grand frère ! Forcément, il ne pouvait s'agir que de lui. Elle savait que ses parents étaient partis tôt, ce samedi matin, à la campagne. Ils allaient faire la tournée des antiquaires. Il n'y avait personne d'autre dans la maison. C'est donc d'un pas décidé qu'elle se rendit à la chambre du traître.

En réalité, le mot chambre ne convenait pas vraiment pour décrire la tanière de Jocelyn. Un véritable capharnaüm, comme disait sa mère. Réussir à ouvrir la porte était déjà une sorte d'exploit. Les vêtements de son frère étaient entassés partout. C'était à croire qu'il ne connaissait pas l'utilité d'une commode. Et encore moins d'un panier à linge sale. Quelle odeur ! Des colonies de microbes auraient pu sans problème élire domicile au milieu de ces chandails et pantalons crasseux. Ils y auraient coulé des jours heureux sans jamais être dérangés.

Jocelyn dormait encore profondément. Seuls ses cheveux frisés dépassaient de la couette et reposaient sur l'oreiller. C'est comme ça, les ados, toujours en train de dormir. Il paraît qu'ils grandissent pendant leur sommeil. Marie-Anne avait l'intention de sauter à pieds joints sur le lit de son frère pour le réveiller. Elle le trouvait bien assez grand. Seulement, pour l'atteindre, il lui fallait gravir des piles de vêtements à la propreté douteuse. Une mission périlleuse, même pour le plus aguerri des alpinistes. La jeune fille décida malgré tout de se frayer un chemin à coups de pied dans les montagnes de linges dont les sommets étaient surmontés de bas blancs sales, telles les neiges éternelles.

— Où as-tu caché Bidon ? vociféra-t-elle en sautant sur le lit à répétition.

Jocelyn se réveilla en sursaut. Il croyait que sa dernière heure était venue. Lorsqu'il se rendit compte qu'il ne s'agissait pas d'un commando armé de grenades, comme dans ses jeux vidéo, il respira mieux. Il y avait longtemps que sa sœur et lui n'avaient pas joué à se chamailler, pour s'amuser. Il savait toujours comment la faire rire. Mais maintenant qu'il était presque un adulte, il pensait que ces jeux n'étaient plus de son âge. Marie-Anne s'ennuyait de ces petits rituels du samedi matin. Elle aimait quand son frère la chatouillait à mort, comme il disait. Sauf que là, l'heure n'était pas à la rigolade.

— Réponds ! tonna-t-elle de plus belle.

— Mais de quoi tu parles ? s'exclama-t-il.

— Ne joue pas à l'innocent, Jocelyn Trudel ! Bidon n'est plus sur mon bureau. Il n'y a que toi pour penser à des choses pareilles. Allez, avoue ! Traître, voleur…

Marie-Anne était déchaînée. Si Jocelyn ne faisait rien pour l'arrêter, sa sœur risquait de tomber en bas du lit. Ou encore de heurter le plafond tant elle prenait son lit pour un trampoline. Dans un cas comme dans l'autre, les risques qu'elle se blesse étaient grands. C'est dans ces moments-là qu'il enviait ses amis qui étaient enfants uniques… Sortant rapidement ses bras de sous ses couvertures, il attrapa sa sœur au rebond. Il l'immobilisa contre lui avant qu'un malheur ne se produise.

— Lâche-moi ! cria la jeune fille.

— Veux-tu bien te calmer ! Je te dis que je ne l'ai pas, ton toutou.

Marie-Anne se débattit et réussit à se libérer de l'emprise de Jocelyn. Non sans avoir utilisé un truc illégal dans le combat corps à corps entre grand frère et petite sœur : elle lui avait tiré les deux oreilles.

— Ayoye ! T'es folle ? se plaignit Jocelyn en vérifiant qu'il ne lui manquait pas un bout d'oreille.

Insensible à la douleur de son frère, Marie-Anne aperçut tout à coup sa collection de figurines de joueurs de hockey. Cela lui donna une idée… Laquelle préférait-il ? Elle ne connaissait rien au hockey. Mais elle se dit que la plus grande devait valoir le plus cher.

— Je la brise en mille morceaux si tu me dis pas où tu as caché Bidon ! le menaça-t-elle.

— Non ! Pas Raymond Bourque ! la supplia-t-il. C'est le plus grand joueur des Bruins de tous les temps !

C'est alors que la sonnerie du téléphone retentit.

2

La lettre

Jocelyn et Marie-Anne jetèrent un œil sur l'afficheur du téléphone posé sur le bureau. Le nom et le numéro du cellulaire de leur mère y apparaissaient. On aurait dit qu'elle était douée d'un sixième sens. Même à distance, elle savait quand ses enfants se chamaillaient.

— Jocelyn m'a volé Bidon ! l'accusa la jeune fille en ne prenant même pas la peine de dire bonjour.

Son frère lui arracha alors le téléphone.

— Écoute-la pas, elle raconte n'importe quoi, comme d'habitude. En plus, elle saute sur mon lit et a manqué de se blesser ! Et là, elle menace de briser mon Raymond Bourque !

À l'autre bout du fil, sa mère fut prompte à lui répondre : ils devaient cesser leurs enfantillages sur-le-champ ! C'était lui l'autorité pendant son absence. Un peu penaud, Jocelyn passa ensuite le téléphone à sa sœur. La jeune fille était sommée d'aller réfléchir dans sa chambre. Un verdict qui ne manqua pas de donner le sourire à son frère… Il saisit ensuite l'appareil et assura sa mère qu'il allait reprendre le contrôle de la situation. Puis il raccrocha.

— Bonne réflexion… se moqua-t-il. Enfin, je vais pouvoir me recoucher et DORMIR. C'est à ça que doivent servir les samedis matins, non ? Certainement pas à déranger les gens avec des histoires de toutou…

Boudeuse, Marie-Anne claqua la porte de sa chambre avec fracas. Comment faire pour réussir à retrouver Bidon, maintenant qu'elle était condamnée à rester dans ses quartiers ? Il y avait un seul endroit où elle n'avait pas encore regardé : son placard. Depuis qu'elle savait qu'il s'agissait de l'entrée donnant accès au monde du vampire, elle n'osait pas trop l'ouvrir. Elle se souvint alors d'une phrase de son courageux Bidon : « Si les monstres veulent nous épouvanter, c'est à nous de les effrayer encore plus ! » Évidemment, c'était plus facile à dire qu'à faire… La jeune fille respira un bon coup et chassa ses peurs de ses pensées. Il lui fallait être brave. Bidon était peut-être en danger. Il l'avait aidée si souvent, elle lui devait bien ça.

Marie-Anne tourna délicatement la poignée du placard et ouvrit lentement la porte. Inquiète, elle guettait les signes annonçant la venue d'Igor, le hideux bossu, gardien du château du vampire. Étrangement, aucun bruit de grincement de porte ne se manifesta ni aucune trace de fumée. C'était déjà ça de gagné, se dit-elle. Derrière ses vêtements suspendus, la blondinette découvrit le squelette endormi. Il avait élu domicile dans le placard depuis leur dernière aventure. Il le trouvait plus confortable que le plancher froid sous le lit et son lot de poussière. La jeune fille avait accepté de l'héberger. À condition qu'il n'essaie plus de la terrifier. Le paquet d'os avait tenu sa promesse. Il avait même pris goût à ces sortes de vacances douillettes au fond du placard.

— Tu n'aurais pas vu Bidon ? lui demanda-t-elle en le secouant pour le tirer de son profond sommeil.

Le squelette se réveilla en sursaut. Il se releva d'un bond et son crâne alla heurter la tringle. Il poussa alors un cri de douleur.

— Je ne savais pas que les morts pouvaient encore avoir mal, dit-elle en se mordant les joues pour ne pas rire.

— Moi non plus... gémit-il en se frottant le sommet du crâne avec ses mains osseuses.

— Arrête ça ! On dirait le bruit d'une fourchette qui gratte le fond d'une assiette !

Décidément, Marie-Anne avait acquis beaucoup d'assurance, en une semaine à peine. En fait, depuis sa victoire contre les envoyés du vampire. Et tout cela, elle le devait en grande partie à Bidon. Il avait su lui insuffler le courage nécessaire pour affronter les pires ennemis. C'est bien pourquoi elle voulait le retrouver. Si jamais elle venait à défaillir… qui d'autre saurait l'inspirer?

— Alors, tu l'as vu ou pas? insista-t-elle.

— Non… pas que je sache, mais je pense avoir entendu du bruit cette nuit, répondit-il.

— Du bruit? Quelle sorte de bruit? s'inquiéta Marie-Anne.

— Difficile à dire… Tu sais, nous les morts, nous dormons assez profondément.

C'est alors qu'elle remarqua une feuille de papier accrochée entre deux os, dans la cage thoracique du squelette. Intriguée, Marie-Anne la lui arracha.

— Ouille ! Fais attention ! se plaignit-il.

— Ce que les morts-vivants peuvent être sensibles…

Il s'agissait d'une lettre écrite à la main. Marie-Anne eut du mal à en déchiffrer le contenu. Mais lorsqu'elle reconnut les signes formant l'étrange signature au bas de la page… son cœur se mit à battre à tout rompre.

— C'est une lettre de Bidon ! s'exclama-t-elle.

— J'ignorais que les pingouins en peluche pouvaient écrire, plaisanta le squelette.

— Tu sauras que Bidon peut tout faire ! s'offusqua-t-elle.

Sortant du placard, la jeune fille alluma la lampe afin de mieux voir ce qui était écrit.

Chère Marie-Anne,

Je suis content et fier d'avoir passé presque neuf ans en ta compagnie. Ce furent des années heureuses et riches en rebondissements. Je t'ai vue faire tes premiers pas et devenir une grande fille.

Maintenant que tu n'as plus besoin de moi, je ne peux me résoudre à finir mes jours sur un bureau. C'est un véritable cimetière à poussière, et je crois bien être un peu allergique. Sinon, comment expliquer mes yeux rougis...

Depuis une semaine, tu ne me parles plus, tu ne me regardes même plus. C'est normal, je suppose : c'est le destin des vieux toutous... Mais peut-être dans ce monde existe-t-il un autre enfant qui aurait besoin de moi, comme toi tu as eu besoin de moi. Il y a de cela il me semble si longtemps, trop longtemps.

Je pars donc, cette nuit, à la recherche de la perle rare. Je ne pense pas pouvoir jamais te remplacer. Mais les pingouins comme moi ont besoin des bras d'un enfant pour vivre.

Ton tout dévoué,

Bidon

3

La formule magique

Marie-Anne dut prendre quelques minutes pour encaisser le coup.

—C'est de ma faute... marmonna-t-elle. Tout ça, c'est de ma faute. Si je n'avais pas joué à la grande indifférente, Bidon ne serait pas parti comme ça ! Je ne veux pas qu'il se retrouve dans les bras de quelqu'un d'autre ! C'est mon pingouin ! À moi !

Le squelette ne savait pas si c'était le bon moment. Il avait quelque chose d'important à révéler à Marie-Anne. Il se demandait s'il s'agissait d'une bonne ou d'une mauvaise nouvelle… Il espérait le mieux, mais il redoutait le pire. Comment le lui annoncer ?

— Euh… Je viens de remarquer un détail… risqua-t-il.

— Quoi ? s'écria la jeune fille, de mauvaise humeur.

— Tu vois, là, au fond du placard ? Tu ne trouves pas que ça ressemble à des poils de pingouin ? hasarda-t-il.

— Qu'est-ce que je dois comprendre ?… demanda-t-elle en craignant la réponse.

— Je pense que Bidon n'est pas parti chez un autre enfant, avança le squelette.

— Tu crois ? s'étonna Marie-Anne.

— À moins qu'il se soit trompé de porte pour sortir… et tu sais où celle du placard conduit…

— Tu … tu veux dire que… bégaya la jeune fille.

Le squelette hocha la tête, désolé. Selon toute vraisemblance, Bidon n'avait pas franchi la porte de la maison, mais plutôt celle menant au château !

— Mais pourquoi Bidon a-t-il décidé d'aller dans le monde du vampire ? s'étonna Marie-Anne, décontenancée. Ce n'est pourtant pas son genre d'avoir de mauvaises idées comme ça.

— Il n'y est peut-être pas allé de son propre chef… supposa le squelette.

— Qu'est-ce que tu veux dire ? Tu crois qu'il… qu'il aurait été enlevé ? bredouilla la jeune fille.

— Ça m'en a tout l'air. Sinon, pourquoi des poils de pingouin se seraient-ils retrouvés coincés là ? pris entre le mur du côté et celui du fond du placard ? Je ne vois malheureusement pas d'autre explication, conclut le squelette.

— Celui qui a fait ça va le payer très cher… déclara Marie-Anne.

Elle était prête à tout pour sauver Bidon, même à affronter le monstre aux canines pointues en personne s'il le fallait ! Mais comment se rendre au château de l'ignoble personnage ? Elle entra dans le placard et se mit à frapper de ses pieds et de ses poings le mur du fond.

— Hé ! Monstres de la nuit, je suis là ! Venez donc me chercher si vous en avez le courage !

Puis, elle se retourna vers le squelette. Il avait placé ses mains sur ses oreilles pour les protéger des cris de la jeune fille.

— Tu crois qu'ils m'ont entendue ? lui demanda-t-elle.

— Je crois que tu as crié assez fort pour réveiller les morts, lui assura le squelette.

— Pourquoi les envoyés du vampire ne viennent pas, alors ?

À propos de monstre, celui qui sommeillait dans la chambre voisine poussa une sorte de beuglement.

— Marie-Anne ! hurla Jocelyn. Je sais pas ce que tu fabriques, mais arrête tout de suite. J'essaie de dormir !

Oups... Marie-Anne allait tâcher de ne pas faire trop de bruit.

La blondinette se rappela que le fantôme de son amie Juliette avait employé une formule magique pour invoquer Igor, le gardien du château. Elle se souvenait d'ailleurs très bien des mots que la revenante avait prononcés. Elle se campa dans une attitude de défi et déclama, mais pas trop fort :

— Igor, Igori, Igora !

Rien ne se passa… Elle répéta les paroles censées attirer le bossu. Toujours rien. Pourquoi cela ne fonctionnait-il pas ? se questionnait-elle. Les yeux brillants, elle se tourna vers le squelette.

— Juliette m'avait dit que seuls les morts pouvaient parler le langage des morts…

— Non… tu ne veux quand même pas que j'appelle cet horrible individu couvert de verrues ! s'écria le squelette en tremblant de tous ses os.

— Si tu ne m'aides pas, je te jette à la rue ! le menaça-t-elle.

— Non ! Tu ne peux pas me faire ça ! gémit-il. Toute ma famille hante des manoirs et des châteaux. Alors que moi, j'essayais d'effrayer une petite fille dans une maison de banlieue…

— Bon, ça recommence… dit-elle en levant les yeux au ciel.

— Je ne peux pas tomber plus bas dans l'échelle sociale de la peur, poursuivit-il. Déjà que ma réputation n'était pas à son plus haut… Je suis maintenant un squelette dans le placard.

— Arrête avec ça…

— Je vis caché dans l'ombre et la honte…

— Justement ! s'exclama-t-elle. Je t'offre la chance de te racheter. Imagine ce que les gens de ta famille diraient s'ils apprenaient que tu as osé affronter le terrible Igor !

— Mouais… C'est vrai que dit comme ça…

— Tu deviendrais une sorte de héros, on composerait peut-être un hymne en ton honneur. On chanterait tes louanges, renchérit-elle.

— Tu m'en crois vraiment capable ?

— Alors, tu acceptes, tu vas m'aider ?

Le squelette sourit de toutes ses dents. Le scénario envisagé par Marie-Anne lui plaisait, même s'il n'y croyait pas trop. Néanmoins, il était bien prêt à essayer de faire mentir tous ceux qui avaient toujours douté de lui. Il prononça donc la formule magique, non sans quelques craintes.

— Igor, Igori, Igora !

4

Le gardien du château

Une épaisse fumée surgit du fond du placard. En même temps, une musique d'orgue résonna, accompagnée de bruits de chaînes. Bientôt, Marie-Anne et le squelette entendirent le souffle d'une respiration. Puis, à travers l'espèce de nuage, ils virent émerger Igor, le bossu. Il se mit à tousser. Ses bras balayaient la fumée autour de lui. Il portait des vêtements de cuir et de lin comme ceux du Moyen-Âge. Il avait la peau grisâtre et couverte de verrues. Il s'avançait en boitant.

— *Saluteas diminutif enfantesque et osàchien*, les salua Igor dans son langage particulier. *De kossé ke je pourrions pourrrrre vous duo laite?*

— Qu'est-ce qu'il dit? murmura Marie-Anne au squelette.

— Il nous demande ce qu'il peut faire pour nous.

— Demande-lui s'il a vu Bidon, le pria-t-elle.

— Je suis un peu rouillé, mais je veux bien essayer, acquiesça le paquet d'os en se secouant les mâchoires pour se donner du courage. Euh… hum… *Bosse de sot à ski, tes deux troud'suces y'ont-y fastforwardé en cinémascope el signor en poils de Bidon?*

— *Da, si, yessir. Trois swings dan-l'beurre.*

— Il dit que oui! traduisit le squelette. Et même à trois reprises, si je comprends bien.

— Bidon est vivant ! s'exclama Marie-Anne. Demande-lui s'il peut nous conduire à lui.

— *Un pouce, deux pouces, vroum-vroum su'ton ti-bicyk, maniaco guidon ?*

À ces mots, le gardien du château sourit de toutes ses dents pourries. Difficile de savoir s'il était heureux de les aider ou si cela lui plaisait trop de les amener dans le monde du vampire…

— J'aime pas tellement son sourire… s'inquiéta Marie-Anne.

— Oui, de toute évidence l'hygiène buccale n'est pas son fort.

— Non, je veux dire, je ne suis pas certaine qu'on puisse lui faire confiance, expliqua la jeune fille.

— Évidemment, comment peut-on se fier à quelqu'un qui semble se servir de la soie dentaire comme du fil à pêche ? répliqua le squelette.

Mais ils n'avaient pas bien le choix. Marie-Anne donna la main au squelette. Elle était prête à suivre le bossu au fond du placard. Igor leva la main en signe de protestation.

— OK *pourrrre el ptit dessert. Ouache pabon la moelle*, dit le gardien.

— Il veut bien t'amener, mais pas moi, informa le squelette.

— C'est hors de question ! s'indigna la jeune fille. J'ai besoin de toi.

Igor tirait maintenant sur le bras de Marie-Anne et tentait de l'attirer dans le placard. Mais la blondinette tenait bon. Elle ne lâchait pas la main du squelette. Le gardien se mit alors à exercer de la pression sur le bras du cadavre ambulant. Ce dernier résistait autant qu'il pouvait. Cependant, le bossu possédait un avantage sur le paquet d'os : il avait des muscles, lui. Le maigrelet sentait qu'Igor allait bientôt lui briser les os ! Il lui fallait réagir et vite !

— Hé ! la verrue à bosse, je connais ton point faible. Et si tu n'arrêtes pas, je ne me gênerai pas… Si tu saisis ce que je veux dire…

Étonnamment, même si le squelette n'avait pas parlé dans le langage du gardien, celui-ci paraissait avoir très bien compris la menace. Le bossu s'agenouilla aussitôt et supplia qu'on lui laisse la vie sauve. Marie-Anne était très fière de son compagnon. Igor accepta alors de les amener tous les deux. Il promit de ne plus leur faire de mal. Du moins, c'est ce que la jeune fille crut deviner quand Igor cracha par terre, la main sur le cœur.

— Son point faible doit être terriblement faible pour que le gardien capitule comme ça, dit-elle tout bas au squelette. Je serais bien curieuse de le connaître…

— En vérité, je n'en ai pas la moindre idée, chuchota-t-il.

— Ah non ? s'étonna-t-elle. Mais…

— Je me suis dit que tout le monde a un point faible, même les monstres. Et ç'a marché. Tu sais, quand j'étais vivant, j'étais tout un joueur de cartes. Je pense même que le mot « bluff » a été inventé en mon honneur, se vanta-t-il.

Décidément, ce squelette ne cesserait de la surprendre. Malgré ses apparences de plaignard, il avait plus d'un tour dans son sac. Elle se félicita d'avoir insisté pour qu'il soit du voyage dans le monde du vampire. Elle pourrait très bien avoir besoin de son esprit inventif et rusé. Car elle n'avait aucune idée de ce qui l'attendait là-bas…

Les deux compagnons pénétrèrent dans le placard en se tenant par la main. Igor murmura alors une espèce de formule magique : « Àbraspasdebras àbraspasdebras. » Et ils se retrouvèrent de l'autre côté du mur !

Un soleil éclatant força Marie-Anne à plisser les yeux. Puis, elle put mieux distinguer ce qui l'entourait. La première chose qu'elle remarqua fut l'absence du bossu.

— Igor nous a laissés tout seuls ! s'écria-t-elle.

Du regard, elle fouilla les alentours. Ils étaient sur une route pavée de vieilles pierres grises. Devant eux, à quelques mètres, une rivière coulait. Non loin, elle aperçut un petit pont en bois. Sur la berge menant à l'eau, l'herbe était haute. Mais pas assez pour qu'Igor ait pu s'y cacher. Derrière eux, de gros arbres ici et là bordaient le chemin de pierres. Le gardien n'était pas non plus dissimulé derrière un des troncs. Soudain, ils entendirent un grand rire résonner.

— AH, AH, AH! Vous êtes perdus! Jamais vous ne ressortirez d'ici. Pas vivants, en tout cas.

Marie-Anne et le squelette se regardèrent… Qui avait bien pu dire ça? Ça ressemblait à la voix du bossu, mais il n'y avait personne autour. C'est à ce moment que l'invisible Igor choisit d'apparaître devant eux.

— J'allais presque oublier. Vous voyez le soleil là-haut? Quand il se couchera, le vampire et tous les monstres de la nuit partiront à la chasse. Et d'habitude, ils sont très affamés… AH, AH, AH !

Puis Igor disparut comme il était venu.

— Comment se fait-il que j'ai compris tout ce qu'il a dit ? se questionna Marie-Anne.

— Je ne sais pas, mais si j'étais toi, je serais plutôt préoccupée par autre chose… répondit le squelette. Nous ferions mieux de retrouver Bidon avant la nuit et de déguerpir d'ici ! Sinon…

— Le vampire et ses monstres sanguinaires vont venir nous manger ! compléta la jeune fille.

— En fait, c'est plutôt toi qui es en danger. Moi, je n'ai plus tellement de viande sur les os, précisa son compagnon.

— Mais comment s'y prendre pour retrouver Bidon ? C'est comme essayer de chercher un bas propre dans la chambre de mon frère ! Où peut-il bien être ?

5

Jocelyn cherche partout

Pendant ce temps, dans la maison de Marie-Anne, Jocelyn s'étirait dans son lit. Il jeta un œil à son réveille-matin. Environ une demi-heure était passée depuis que sa sœur était venue sauter dans son lit. Comme il n'avait plus entendu un son, cela l'intrigua. C'est bien connu : c'est lorsque les enfants ne font pas de bruit qu'il faut aller voir ce qu'ils fabriquent. C'est dans le silence que les mauvais coups se préparent…

Jocelyn enfila son t-shirt des Bruins de Boston et se dirigea vers la chambre de sa petite peste préférée. Il marcha sur la pointe des pieds pour mieux la surprendre. D'un coup, il ouvrit la porte toute grande. Pas de trace de l'espiègle sœurette. Mais il la connaissait mieux qu'elle ne le croyait. Du moins, c'est ce qu'il pensait. Elle pouvait très bien se cacher quelque part et lui crier BOUH! au moment où il ne s'y attendrait pas.

Où pouvait-elle bien être ?... Pas de bosse suspecte dans le lit pour imiter sa présence. Elle n'était pas non plus derrière les rideaux. Soudain, il eut l'impression d'avoir entendu le bureau bouger. « Ah ah! se dit-il. Elle doit se blottir derrière. » Il poussa le gros meuble : pas de petite fille en jaquette. Il remarqua alors une feuille de papier par terre. C'était une lettre. Il ne voyait pas très bien ce qui était écrit dessus. Il faisait trop sombre. Soudain, il sursauta : la lampe venait de s'allumer toute seule ! « Étrange... » pensa-t-il. Il déposa la lettre sur le bureau. Ayant peur d'un court-circuit, il éteignit la lampe. Il vérifia ensuite le fil puis la prise électrique. Puis, il l'alluma et l'éteignit à quelques reprises. Il n'y avait rien d'anormal... quand la lampe s'alluma encore toute seule ! Cette fois, il la débrancha carrément. Il enleva l'abat-jour, qui ressemblait drôlement à un chapeau de cow-boy, et dévissa l'ampoule. Il se planta les bras croisés devant la lampe, comme s'il voulait la défier.

— Allez ! Essaie donc de t'allumer, maintenant ! Nous allons voir qui est le plus brillant des deux. T'es plus capable, hein... Je le savais. C'est moi le plus fort, dit-il en riant. Bon, c'est bien amusant

de discuter avec des objets inanimés. Mais là, il faut que je découvre où ma sœur s'est cachée… Elle s'est sûrement terrée quelque part dans la maison. MARIE-ANNE ! MA-RIE-AAAANNNNE !

Il sortit de la chambre en laissant la lettre de Bidon sur le bureau, sans l'avoir lue. Le bureau lâcha un profond soupir.

— Ma chérie… qu'est-ce qu'il t'a fait ?

— Sans mon ampoule, j'ai l'impression de ne plus rien ressentir ! s'écria la lampe. Oh *my love*… que m'arrive-t-il ?

— Quand ton ampoule a grillé, la dernière fois, tu paniquais aussi. Ne t'inquiète pas. La mère va bien finir par revenir et replacer ton ampoule, la rassura le gros meuble.

La lampe, fabriquée dans l'Ouest américain, bondit de quelques sauts pour se rapprocher de l'élu de son cœur. Mais comme elle n'avait plus son ampoule, elle n'y voyait rien. Elle se cogna contre le bureau.

— Oh, *sorry darling.*

— C'est pas grave… Du moment que tu es près de moi, lui susurra-t-il.

— J'ai essayé d'éclairer Jocelyn, pour qu'il lise la lettre de Bidon.

— Je sais… Et cet idiot va maintenant chercher Marie-Anne partout dans la maison, maugréa le bureau.

— Alors qu'elle est peut-être *in danger* dans le monde du vampire !

— Nous avons fait ce que nous avons pu… Ce n'est pas de notre faute s'il est trop vieux pour croire en nous, dit le bureau.

— Si la petite fille ne revenait pas… s'inquiéta la lampe. Je serais si triste, *so sad*. Enfin, je pense… Tu crois que les lampes ont vraiment un cœur ?

— Est-ce que tu m'aimes ?

— Bien sûr que oui ! Quelle question !

— Alors, il n'y a pas de problème, conclut le bureau.

▲ ▼ ▲

— MARIE-ANNE ! MA-RIE-AAAANNNNE !

— Tu as entendu ? demanda la jeune fille au squelette.

— On dirait la voix de Jocelyn, répondit-il, aussi intrigué qu'elle.

Elle chercha du regard partout autour. Le vent soufflait dans les branches des gros arbres derrière eux. Est-ce que son imagination lui jouait des tours ? Aurait-elle pu prendre le bruit du vent dans les feuilles pour les cris de son frère ?

—MA-RIE-AAAANNN-NEEEE !

Pas de doute, il s'agissait bien de la voix de Jocelyn. Était-il lui aussi prisonnier dans le monde du vampire ? La jeune fille se mit à hurler.

—Jocelyn ! Jocelyn ! Je suis ici !

Pas de réponse. Pourtant, elle n'était pas folle ! Elle avait bien entendu son frère l'appeler, et le squelette aussi. Il fallait qu'elle le trouve. Sans savoir pourquoi, elle se sentait attirée par la rivière. Elle décida de suivre son instinct et s'approcha de l'eau. Le squelette se tint un peu à l'écart. Il avait peur de tomber à l'eau et de couler au fond. Mais Marie-Anne l'informa que la rivière ne semblait pas profonde. Il n'avait donc rien à craindre. Pour le convaincre, elle se mit à genoux au bord de la rivière. Elle allait plonger sa main au fond de l'eau quand elle aperçut le reflet de son grand frère. Son image apparaissait comme dans une boule de cristal. Marie-Anne le voyait dans sa maison, en train de la chercher. Il avait l'air si réel. Elle avait l'impression de pouvoir le toucher.

— Je ne ferais pas ça, si j'étais toi, la prévint le squelette, qui avait deviné ses intentions.

— Mais pourquoi ?...

La jeune fille n'écouta pas l'avertissement de son compagnon. Alors qu'elle allait tendre la main pour effleurer l'eau, la gueule d'un immense crocodile surgit !

6

Dans le ventre
du crocodile

Les puissantes mâchoires du crocodile se refermèrent d'un coup sec en mordant le vide. Marie-Anne eut juste le temps de reculer pour éviter les crocs du monstre ! Elle s'éloigna aussitôt de la rive. Un peu plus et tout son bras y passait. La jeune fille avait eu chaud. Le grand reptile demeurait maintenant immobile. Seuls ses deux gros yeux globuleux dépassaient de l'eau. On aurait dit qu'il guettait le retour de sa proie.

Le squelette vint la prendre dans ses bras.

— Tu n'as pas de mal ?

— Non, merci, ça va. Ah, si seulement Bidon était là, dit-elle, la gorge nouée.

Sur ces mots, Marie-Anne eut l'impression d'entendre la voix de son pingouin. Mais cette voix était si étouffée que la jeune fille ne parvint pas à comprendre ce qu'on essayait de lui dire.

— Tu as entendu?

— Oui, ça semble venir du ventre du crocodile, répondit le squelette. Il doit être affamé.

— Non, ce ne sont pas des gargouillis comme quand on a faim. Je crois que c'est la voix de Bidon! s'écria Marie-Anne.

Les bruits qu'ils entendaient provenaient bel et bien du ventre du crocodile. Il aurait fallu être sourd pour ne pas les remarquer. Mais le squelette ne croyait pas qu'il puisse s'agir du pingouin. Sa jeune amie désirait tant revoir son vieux compagnon. Ça le rendait triste. Elle en était rendue à imaginer les pets du crocodile comme étant des appels au secours de Bidon.

Le grand carnivore, las d'attendre sa nourriture, se mit alors à bâiller. De sa gueule grande ouverte, ils entendirent alors clairement :

— Quelqu'un peut m'aider à sortir d'ici ? Ça pue là-dedans !

Cette fois, pas de doute, il s'agissait bien de la voix de Bidon. Il était encore en vie. Comment avait-il pu survivre dans l'estomac du monstre ? Ce dernier devait avoir la digestion très très lente…

— Horrible monstre ! Tu as mangé mon Bidon ! tonna Marie-Anne.

— Bidon… Hum… Ce nom me dit quelque chose, remarqua le crocodile à haute voix. Mais je mange tellement de gens, difficile de me souvenir du nom de chacun. Et ce n'est pas comme si je prenais le temps de bavarder avec eux, ajouta-t-il sur un ton moqueur.

Le crocodile garda la gueule ouverte. Un petit oiseau, un roitelet, vint se poser sur ses mâchoires et lui nettoya les dents.

— Mais oui, rappelle-toi, siffla le roitelet. C'est le pingouin en peluche qui cherchait une petite fille. Ce doit être elle. Je reviendrai quand tu l'auras mangée, ajouta-t-il en prenant son envol. Ça fait trois fois que je viens pour te curer les dents aujourd'hui, et il n'y a toujours rien. Je songe sérieuse-ment à me trouver un autre garde-manger, moi.

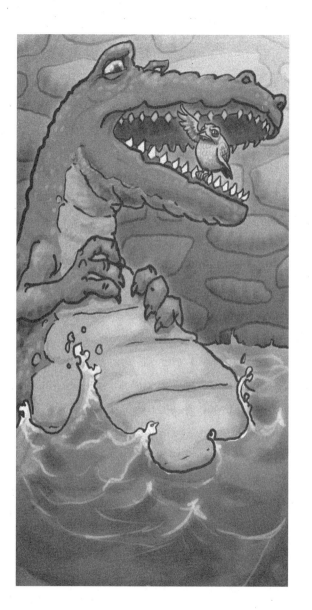

Le petit oiseau s'éloigna dans le ciel et ils le perdirent de vue.

— Ne l'écoutez pas, s'irrita le crocodile. Ces parasites se croient tout permis.

— C'est vrai qu'il a déjà mangé beaucoup de gens ! cria Bidon du fond de l'estomac de la bête. Il y a un monde fou ici ! Ce crocodile doit avoir une maladie. Il ne digère rien.

— Oui, euh… J'ai eu quelques problèmes digestifs récemment, mais ça devrait se régler, tempéra le reptile.

— Des problèmes digestifs ? Oh que oui ! tempêta Bidon. Il doit avoir l'intestin troué ou quelque chose du genre. Ça pue ! On dirait qu'il pète par en dedans ! Bon, d'accord, c'est chauffé, mais pour le confort, on repassera. Je suis un pingouin domestique, moi, après tout. Pas un sauvage comme mes colocataires de fortune. Certains d'entre eux ont même commencé à gruger l'estomac du crocodile pour survivre. Marie-Anne, je t'en prie ! Aide-moi à sortir d'ici !

Comment arriver à tirer Bidon de là ? Marie-Anne se tourna vers son ami, le squelette. Une idée avait germé dans sa tête.

— Tes os sont assez pointus, non ? fit-elle remarquer. On pourrait même dire que certains sont tranchants...

Le squelette comprit alors où elle voulait en venir...

— Non, pas question ! Si tu crois que je vais ouvrir le ventre de ce monstre... Mon métier est d'épouvanter les gens, pas de les assassiner ! Bon, on dit que certains peuvent mourir de peur. Mais ça, ce n'est pas de ma faute.

Et de toute façon, je n'ai jamais fait mourir personne ! Je ne commencerai pas aujourd'hui.

Le crocodile était sensible au discours du squelette. Il lui en était même reconnaissant. Il admirait aussi l'amour de Marie-Anne pour Bidon. Dans sa vie, il avait toujours rencontré des peureux. Des gens effrayés qui n'osaient pas l'affronter. Cette jeune fille ne manquait donc pas de courage.

Le grand reptile devenait vieux, sa santé déclinait. Il était peut-être temps pour lui d'accomplir une bonne action. Au moins une fois dans sa vie, se dit-il, avant de disparaître… Pour toutes ces raisons, il décida de les aider. Et comme il n'arrivait plus de toute façon à digérer tout ce monde dans son ventre, il était sans doute préférable qu'il en expulse quelques-uns.

— J'ai une proposition à vous faire, dit le crocodile.

— Attention, Marie-Anne, les monstres sont rarement des personnes honnêtes, l'avisa Bidon.

— Jeune fille, si tu désires revoir ton pingouin, je dois t'avertir d'une chose. Il se peut qu'il soit déjà en état de décomposition… Peut-être lui manque-t-il un bras, une jambe, ou même les deux, qui sait ?

— Bidon pas de bras ou pas de jambes, c'est Bidon quand même, répliqua affectueusement Marie-Anne. Je l'aime comme il est.

— Très bien, convint le crocodile. Il existe peut-être un moyen alors de l'extirper de mon ventre. Je veux dire, sans me l'ouvrir, bien sûr.

— Ah oui ? s'exclama la jeune fille, intéressée.

— Tu dois me raconter une histoire triste. Comme chacun sait, les crocodiles adorent verser des larmes. Et cela fait si longtemps que je n'ai pas été ému…

7

Des larmes
de crocodile

Marie-Anne avait beau réfléchir, elle ne trouvait pas dans ses souvenirs une histoire assez triste pour faire pleurer un mangeur d'hommes. C'est alors que le squelette intervint.

— J'en ai peut-être une, moi, risqua-t-il. Quand j'étais vivant, je travaillais comme garçon d'écurie. C'était il y a des siècles… J'étais amoureux d'une princesse. Et elle était amoureuse de moi, je pense bien. Quand son père, le roi, l'apprit, il fut choqué. Une fille de sang royal ne pouvait aimer un jeune homme comme moi, de si modeste condition. Pour la punir, le roi la fit enfermer dans la plus haute tour du château. Je n'allais plus jamais la revoir. Sauf à sa fenêtre, du haut de sa tour. Je voyais bien qu'elle était aussi triste que moi. Nous n'avions même pas encore échangé un baiser… Un jour, n'écoutant que mon cœur, je décidai de grimper au sommet de la tour. Quand j'arrivai tout en haut, elle était là, plus belle à mes yeux que jamais. Elle approcha ses lèvres des miennes… Simplement de songer que j'allais enfin l'embrasser me fit défaillir. Je ne pus me retenir. J'ouvris les bras, je voulais la serrer contre moi. J'avais oublié une chose… Mes mains étaient agrippées à la paroi et m'empêchaient de tomber… Durant ma chute, je sentis le vent dans mes cheveux. Pendant un instant, je crus que c'était le souffle de l'amour. Quand je réalisai mon erreur, il était trop tard. Je m'étais brisé le cou.

— Tu es mort sans jamais l'avoir embrassée... bredouilla le crocodile, trop bouleversé. Quelle cruelle, horrible et triste histoire ! ajouta-t-il avant d'éclater en sanglots.

Le cœur du monstre avait été touché. Il pleurait tellement que bientôt le flot de ses larmes devint un véritable torrent. Et le plus extraordinaire, c'est que tous les pauvres gens à l'intérieur de lui se mirent à sortir... par ses yeux ! C'étaient des dizaines et des dizaines de personnes, tout sourire, qui se trouvaient emportées par le courant, dans la rivière. Parmi elles, Marie-Anne reconnut Bidon. Elle eut juste le temps de lui adresser un signe avant qu'il ne s'éloigne rapidement.

La bonne nouvelle, c'est que Bidon était en vie et en un seul morceau. Mais il y en avait peut-être une mauvaise… Marie-Anne ignorait où cette rivière allait entraîner son compagnon.

— Un pingouin, ça doit savoir nager, non ? dit le squelette pour la rassurer.

— Un vrai pingouin, oui. Mais un pingouin en peluche, j'en suis moins certaine.

▲ ▼ ▲

Pendant ce temps, dans la maison, Jocelyn cherchait toujours sa sœur. En passant devant la porte de la salle de bain, il entendit un son étrange. Il s'arrêta. Plus de bruit. Il avança d'un pas, encore ce drôle de son. Il se rendit compte que cela provenait de sous ses pieds. Le tapis était imbibé d'eau ! Il ouvrit alors la porte de la salle de bain. La baignoire débordait !

—Ah, toi ! Marie-Anne Trudel… Tu ne perds rien pour attendre…

Jocelyn ferma aussitôt les robinets. Il s'empara ensuite de serviettes pour éponger le plancher tout en rageant contre sa sœur.

— Attends que je te trouve ! Tu vas voir…

▲ ▼ ▲

Marie-Anne et le squelette marchaient sur la rive à la recherche de Bidon. Le courant provoqué par les larmes du crocodile avait été très fort. Ils arrivèrent finalement au bout la rivière. Elle n'allait pas plus loin. Elle se transformait plutôt en une immense chute d'eau ! Oh non… Bidon avait-il été précipité de si haut dans le vide ? Pourrait-il survivre à pareille dégringolade ? La jeune fille imaginait le pire… Elle voyait son pingouin s'enfoncer dans l'eau, Bidon observant les bulles qui lui sortaient par le nez, comme si chacune était un souvenir qui s'envolait.

Elle entendait même de la musique… bizarre, pour dire le moins.

La blondinette se rendit compte que la musique n'était pas dans sa tête. Le squelette, à ses côtés, lui montra du doigt un groupe d'étranges musiciens. Sur un gros rocher, un cafard aux longues antennes chantait. Un chœur formé de limaces, de cloportes, d'araignées, de vers blancs l'accompagnait. D'autres insectes répugnants battaient le rythme en se cognant les uns contre les autres, ce qui produisait des sons étonnants.

Marie-Anne n'en croyait pas ses yeux ni ses oreilles ! Devant tant de laideur, elle voulut s'enfuir ! Mais avant qu'elle ait pu faire un pas en arrière, des mille-pattes, des punaises et des grillons lui grimpaient sur les jambes. Bientôt, ses bras furent couverts de petites bêtes. Elle n'était plus capable de bouger. La terreur l'avait immobilisée. Même le squelette ne savait pas comment l'aider...

Un phasme, sorte d'insecte ressemblant à une feuille d'arbre, vint se poser sur le bout du nez de Marie-Anne. Tel un chef d'orchestre, le phasme agita ses pattes et donna un ordre aux autres, qui

obéirent aussitôt. Tous les insectes battirent des ailes en même temps. La fillette se retrouva soulevée dans les airs par cette escadrille de bestioles ailées. Le squelette courait pour tenter de les suivre. Où amenaient-ils son amie ?

Puis, à travers le bourdonnement des ailes, Marie-Anne et le squelette entendirent une chose étonnante. Les insectes s'étaient tous mis à chanter un vibrant hommage à Bidon !

Quand les envoyés du vampire
Commencent à accourir
Nous volons pour le soutenir
Autour de Bidon géant
Et tous unis dans un même élan
Nous affrontons tous les méchants
Avec Bidon géant !

Quand vient le temps
De monstres trop menaçants
Nous allons trouver Bidon géant
Aux mille et un talents
Dès que les affreux se croient meilleurs
C'est nous qui sommes les vainqueurs
Avec Bidon géant![1]

La jeune fille découvrit alors que son vieux compagnon d'aventures était une légende dans le monde du vampire !

— Nous sommes un groupe de rebelles du monde du vampire, lui dit le phasme, toujours sur le bout de son nez. Et ton ami Bidon a toujours été une inspiration pour nous. Il est vivant, tu sais. Il s'est accroché à la branche, là-bas. Tu vois, celle au-dessus de la rivière ?

---

1. Chanson inspirée par le thème du générique de la série télévisée canadienne *Robin Fusée* (1966).

Il s'y est agrippé. Malheureusement, quand il a voulu en redes-
cendre, il est tombé dans un trou
d'égout. Nous allons t'y conduire.

8

Un rat qui a des hallucinations

Les insectes déposèrent Marie-Anne là où était tombé Bidon. Le squelette vint bientôt la rejoindre, tandis que les bestioles reprenaient leur envol. La jeune fille saisit le bras du squelette et l'entraîna au bord du trou. Ils remarquèrent une échelle qui descendait le mur de l'égout. Ils ne distinguaient pas le fond. Une terrible puanteur monta à leurs narines. Ça devait être vraiment sale là-dedans. Pauvre Bidon…

Une fois en bas de l'échelle, Marie-Anne dut plisser les yeux pour s'habituer à la pénombre.

Heureusement, le squelette voyait dans le noir comme les chats. C'est parfois pratique d'avoir un monstre de la nuit comme ami, se dit la jeune fille. Il lui décrivait tout ce qu'il observait autour d'eux. Il était très fort dans les détails. Un peu trop au goût de la blondinette. Il lui faisait la liste des multiples petites bêtes qui couraient le long des murs. Elle avait l'impression que ces « choses » étaient partout sur elle. Cela la chatouillait et la piquait rien qu'à les imaginer. Mais elle savait maintenant qu'elle n'avait plus rien à craindre des insectes.

Ils avançaient lentement dans les égouts. Ils marchaient, les deux pieds dans quelques centimètres de boue nauséabonde. Marie-Anne se pinçait le nez tant l'odeur était insupportable. Au détour d'un couloir, ils entendirent du bruit ! Une forme bougeait dans le noir, au bout du corridor. Grâce à sa vision nocturne, le squelette put discerner de quoi il s'agissait.

— C'est un énorme rat... murmura-t-il. Grand comme moi !

Marie-Anne ne connaissait qu'un seul rat de cette dimension. Ce ne pouvait être que lui. Celui qui avait mangé son ami Matis. Nul autre que celui qui avait mordu Bidon près de son oreille. Ce rat avait fui les égouts de Sibérie. Il adorait les salles de bain propres d'Amérique. Il aimait respirer les arômes de savons au citron. Alors, que faisait-il ici, dans ces égouts ? La jeune fille demanda au squelette d'aller voir de quoi il retournait.

— Quoi ? Tu veux que j'aille au-devant de cette... bête ! s'exclama-t-il. Pourquoi moi ?

— Tu n'es qu'un paquet d'os sans viande, dit-elle.

— Un peu de respect, s'il te plaît… s'offusqua le squelette.

— Tu comprends ce que je veux dire. Toi, il ne voudra pas te manger. Allez, va lui parler. Fais-le pour moi… le supplia-t-elle en battant des cils.

Difficile de refuser quoi que ce soit à pareille mignonne… Même si le squelette trouvait qu'elle exagérait un peu. Il savait que c'était un jeu. Mais depuis qu'elle avait décidé de l'héberger de son plein gré, ne lui devait-il pas la vie ? Pour un mort, c'était beaucoup. Façon de parler, bien sûr. Il prit donc son courage à deux mains et se dirigea vers le gigantesque rat.

La première chose que le squelette remarqua fut les habits du rat. Il se souvenait de lui comme d'un animal fier. Le rat était toujours bien vêtu. Enfin, pour un rat. Mais là, sa veste était déchirée par endroits. Son chapeau haut-de-forme était troué. Même son monocle était brisé. Le verre en était fendillé. On aurait dit que l'animal sortait d'une bataille assez éprouvante. Le squelette ne savait pas si c'était une bonne ou une mauvaise chose. Le moustachu de Sibérie serait peut-être affaibli. Et donc moins dangereux. Le rat pouvait aussi très bien être en colère... Il n'eut pas le temps de se poser plus de questions. La bête venait de découvrir sa présence...

— Belle journée, n'est-ce pas ? lança le squelette sur un ton badin.

La vérité, c'est qu'il ne savait pas du tout quoi dire. Il ne se sentait pas très doué pour les interrogatoires. Il avait encore moins le profil d'un espion.

— Nous sommes dans des égouts sombres et puants. Vous me prenez pour un imbécile ou quoi, krimepof de krimepof ? maugréa le rat.

— Non, non, pas du tout ! Je cherchais simplement à faire la conversation.

— Qu'est-ce que vous me voulez ? bougonna l'animal.

— En réalité, pas grand-chose… Vous allez bien ? Vous avez… bien mangé ? questionna le squelette.

— J'ai de la difficulté à me souvenir de mon nom. Alexander ? Andrei ? Alors, savoir quand a eu lieu mon dernier repas…

— Mais… vous n'avez pas de gargouillements dans le ventre ni rien de ce genre ? s'enquit le squelette.

— Non, je n'ai pas faim, pourtant je ne crois pas avoir mangé récemment, répondit le rat. C'est bizarre, mais c'est comme ça. Pourquoi toutes ces questions ? Avez-vous un restaurant dans le coin, le squelettinov ? Parce que moi, je vous préviens : je suis un rat. Je ne paye jamais ma nourriture !

— Très bien, alors. Enchanté d'avoir fait votre connaissance. Au revoir !

Le squelette revint au pas de course auprès de Marie-Anne. Il l'informa aussitôt de sa discussion.

— C'est très étrange tout ce que tu me racontes là, dit-elle. Et tu crois qu'il ne t'a même pas reconnu en plus. Hum… J'ai bien envie d'aller moi-même vérifier.

— Sois prudente…

— Mais tu viens avec moi, voyons !

Le squelette n'avait pas telle-ment envie de retourner voir le rat géant. Il savait bien qu'il ne serait pas mangé, mais cet animal lui donnait la frousse. Néanmoins, il accompagna Marie-Anne. Il avait encore moins envie de rester seul. Il n'osait pas le dire, mais il se sen-tait plus en sécurité avec la cou-rageuse jeune fille.

Dès que le rat aperçut la blon-dinette, il courut à sa rencontre en s'écriant : « Enfin un être humain ! » Avait-il menti au squelette ? À sa réaction, Marie-Anne se demanda si l'appétit du rongeur ne lui était pas revenu… Et si elle n'allait pas constituer son prochain repas !

Elle n'eut même pas le temps de reculer ou de l'esquiver. Le rat lui sauta dans les bras. Il enfouit ensuite son museau dans le cou de la jeune fille.

— Enfin quelqu'un de vivant qui ne pue pas! s'écria-t-il.

Il n'arrêtait plus de s'emplir les narines de la bonne odeur de la blondinette. Malheureusement, elle ne pouvait en dire autant du rat. Il empestait les déchets!

— Désolé de te traiter comme un fromage au parfum exquis, petite fillettesky, s'excusa le rat. Je suis égaré dans ces égouts depuis trop longtemps. J'en ai perdu la raison.

Marie-Anne était étonnée que le rat n'ait pas voulu la manger… Mais surtout qu'il ne l'ait pas reconnue. Elle demeura tout de même sur ses gardes. Le rat est un animal rusé…

— Qu'est-ce qui vous est arrivé? lui demanda-t-elle.

— Oh… si tu savais… J'ai été capturé par des scientifiques. Ils m'ont fait subir toutes sortes d'expériences. On m'a posé des électrodes sur la tête. Tiens, regarde, dit-il en ôtant son chapeau. Tu vois : ils m'ont rasé le crâne ! On m'a injecté des drogues. Depuis, j'ai des hallucinations, krimpof de krimpof.

— C'est horrible… ne put s'empêcher de dire Marie-Anne.

— J'ai réussi à me sauver en plongeant dans une toilette, poursuivit le rat. Et j'ai atterri ici… Dire que j'ai toujours rêvé d'une vie remplie d'aventures. En ce moment, je crois que j'aimerais mieux être dans une cage et tourner dans une roue comme ces stupides hamsters. Au moins, je serais nourri. J'ai très faim tout à coup… ajouta-t-il en se pourléchant les babines.

9

Perdus…

Le rat se mit à renifler Marie-Anne et sortit alors sa grosse langue. La blondinette ne voulait pas finir ses jours dans l'estomac de cet animal! Le squelette, jouant les héros, allait se jeter sur l'horrible rongeur... Trop tard... Le rat passait déjà sa langue sur une manche de la jaquette de Marie-Anne. Il lécha un restant de confiture aux fraises.

— Hum... c'est bon. Vous n'en auriez pas d'autre?

Le squelette n'avait pu freiner son élan. Il entra en collision avec le rat et le renversa.

— Qu'est-ce qui vous prend ? s'étonna le moustachu de Sibérie.

— Tu ne la dévoreras pas tant que je serai vivant ! s'exclama le squelette.

— Les rats ne mangent pas les enfants, espèce de tatarinof ! s'écria l'animal.

— Ah non ? s'étonna Marie-Anne. Et mon ami Matis, alors ?

— Matis ?... Connais pas. C'est une nouvelle marque de fromage ? s'enquit le rat.

De toute évidence, le rongeur russe avait vraiment perdu la mémoire. Mais elle pouvait très bien lui revenir à tout moment... Marie-Anne décida d'en profiter, le temps que cela durerait.

— Vous n'auriez pas vu un pingouin dans les parages ? lui demanda-t-elle.

— Un pingouin ? Non... Mais maintenant que tu en parles, je crois avoir senti cette odeur.

— J'ignorais que les rats avaient l'odorat si développé, s'étonna le squelette.

— Odo-rat, le nom le dit ! fit le moustachu en souriant.

— Vous pourriez donc nous aider à retrouver mon pingouin ? reprit la jeune fille, réjouie.

— Je peux toujours essayer...

Le rat renifla dans toutes les directions. Il essayait de repérer Bidon. Mais il y avait trop d'odeurs qui se mélangeaient. Elles assaillaient son nez de partout. On aurait dit une armée de petits soldats piquant ses narines à coup de baïonnettes puantes. Il n'arrivait pas à découvrir laquelle de ces odeurs appartenait à Bidon.

— Je suis désolé...

Marie-Anne ne comprenait pas que le rat ne puisse reconnaître l'odeur de Bidon. Si seulement c'était elle qui avait l'odorat développé! Elle saurait retrouver son compagnon en peluche entre mille odeurs. Pour elle, il sentait les câlins de sa mère et les bisous de son père. Sa mère, elle, disait toujours que Bidon sentait sa petite fille. Alors que son frère disait que son toutou sentait le vomi. Parce qu'une fois, elle avait été malade dans son lit...

— MARIE-ANNE! MA-RIE-AAAANNNEEE!

C'était justement la voix de Jocelyn. Se trouvait-il quelque part dans les égouts? Marie-Anne n'arrivait pas à déterminer d'où provenait le cri.

— Encore ce fou qui hurle, dit le rat. Le monde du vampire

est vraiment peuplé de gens bizarres…

— Vous l'avez déjà entendu ? s'étonna le squelette.

— Et est-ce que vous l'avez vu aussi ? demanda la jeune fille, pleine d'espoir.

— Non, mais je marchais dans la direction des hurlements avant que vous arriviez. Ces cris m'avaient l'air de venir de quelqu'un à l'extérieur. J'ai pensé que si je les suivais, ils finiraient par m'indiquer la sortie.

▲ ▼ ▲

Pendant ce temps, Jocelyn avait ouvert la porte menant au sous-sol. Il appuya sur l'interrupteur pour allumer. Il se rappela alors que l'ampoule était grillée. Il n'osait pas descendre les marches dans l'obscurité. Il n'était pas encore habitué à cette nouvelle maison. Sa tête lui répétait qu'il regardait trop de mauvais films d'horreur. Il n'arrivait pas à chasser de sa tête des images de fantômes hantant des pièces sombres. Il cria donc le nom de sa sœur du haut des escaliers. Aucune réponse… Il tendit l'oreille, à l'écoute du moindre mouvement. Pas un son. C'est vrai que le sous-sol était assez vaste. Marie-Anne pouvait bien se cacher au fond et jamais il ne l'entendrait. Elle ne perdait rien pour attendre, se dit-il. Il entreprit aussitôt de se mettre à la recherche d'une lampe de poche. Il y verrait plus clair pour descendre au sous-sol.

▲▼▲

— Jocelyn! Jocelyn! Je suis ici!
cria Marie-Anne. Je suis perdue
dans les égouts du vampire!

Mais la jeune fille n'obtint aucune réaction… Encore une fois,
son frère ne semblait pas l'entendre. Elle commençait à s'inquié-
ter sérieusement.

— Comment allons-nous nous
sortir d'ici? demanda la jeune fille
à ses compagnons.

— Oui, et surtout avant la nuit.
Avant que les monstres affamés
n'apparaissent… murmura le squelette.

— Merci de me le rappeler…
dit Marie-Anne.

Le rat et le squelette ne pouvaient pas vraiment l'aider. Son
seul espoir était de retrouver
Bidon. Lui seul pourrait lui indiquer la sortie, pensait-elle. Brave
Bidon… Elle espérait que le

vampire ne l'avait pas déjà capturé !

— Continuons notre chemin dans les égouts. Ça doit bien déboucher quelque part.

10

Des fantômes !

Marie-Anne avait eu raison. Au bout d'un moment, ils arrivèrent à une impasse. Le chemin n'allait pas plus loin. Un mur de brique se dressait devant eux. Par contre, une échelle y était fixée. Ils pouvaient voir une trappe au sommet des barreaux. Et s'ils conduisaient au château du vampire ?...

— Je dois vous avouer une chose... dit le squelette. J'ai très énormément peur de tomber face à face avec le vampire !

— Puisque c'est le temps des confidences... ajouta le rat, je sens comme une tache humide dans mon pantalon rien que d'y songer, moi aussi…

Le squelette tremblait de tous ses os et cela provoquait un bruit terrible. Le rat, la tête penchée, regardait le bout de ses deux pattes, honteux. La courageuse blondinette ne comprenait pas comment deux monstres de la nuit pouvaient avoir si peur. C'étaient pourtant eux qui, il n'y avait pas si longtemps, la terrorisaient avant qu'elle s'endorme. Elle était bien brave, mais elle sentait qu'elle allait sûrement avoir besoin de leur aide. Elle ne pourrait affronter seule le méchant aux canines pointues !

— Le vampire a sûrement des pouvoirs, non ? Vous êtes des monstres comme lui. Peut-être voudra-t-il vous aider ? fit valoir la jeune fille.

— Nous aider ? Mais comment ? s'étonna le rat.

— Et pourquoi ? ajouta le squelette.

— Toi, le rat, par exemple, le vampire pourrait te guérir de ce que t'ont fait subir les affreux scientifiques. Et toi, le squelette, peut-être pourrait-il te donner le courage qui te manque tant ?

— Mais pourquoi y consentirait-il ? insista le paquet d'os.

— Imaginez si des enfants apprenaient qu'une petite fille comme moi se balade avec deux monstres censés l'effrayer. Deux monstres qui sont plus peureux qu'elle ! Si la rumeur se répandait... songez à tous les enfants du monde qui se mettraient à refuser de craindre les envoyés du vampire ! Ce serait la catastrophe pour lui. Il serait obligé de fermer boutique ! Croyez-moi, je suis certaine qu'il a tout intérêt à vous aider.

Marie-Anne était très fière de son petit discours improvisé. Elle sentait que ses paroles avaient visé juste. Le rat et le squelette avaient maintenant chacun une bonne raison de l'accompagner. Et si jamais il se révélait que ses propos étaient vrais, elle serait peut-être enfin débarrassée d'eux ! Plus de rat qui surgit du trou du bain. Plus de squelette sous son lit pour essayer de lui attraper les chevilles.

Tour à tour, les trois compagnons grimpèrent l'échelle. Ils débouchèrent dans une grande salle éclairée par des torches. Le plafond était très haut. D'immenses portraits recouvraient les murs de briques grises. À d'autres endroits, c'étaient des tapisseries toutes brodées. Des générations de gens aux dents pointues étaient représentées sur les tableaux.

— Je... je pense que nous sommes dans le château de... du... bredouilla le squelette en tremblant.

Le bruit de ses os qui claquaient attira l'attention... Un gros orgue situé tout près d'une cheminée se mit à jouer tout seul un air sinistre. Les tapisseries sur les murs se mirent à bouger. Les trois compagnons virent alors apparaître de nombreux fantômes ! Et ils n'avaient pas l'air très gentil...

— Tiens, tiens... si ce n'est pas Marie-Anne, dit l'un des revenants.

— Juliette ! la reconnut la blondinette. Qu'est-ce que tu fais ici ? Et comment ça se fait que tu parles normalement ?

— Tu oublies que nous sommes dans le monde du vampire. Je dirais même que vous êtes dans son château. Il ne devrait d'ailleurs pas tarder à se réveiller… Regarde, le soleil faiblit…

Le fantôme de Juliette éclata d'un rire méchant. Dire qu'elles avaient déjà été de bonnes amies ! Parmi les esprits, Marie-Anne reconnut aussi Matis. Celui qui avait été mangé par le rat. D'ailleurs, Matis était en train de courir après le rongeur, qui s'enfuyait sur ses quatre pattes. Le squelette, quant à lui, était harcelé par plusieurs petits fantômes. Ils riaient de lui et il n'arrivait pas à réagir. On le traitait de tous les noms, de peureux, de squelette de banlieue… Leurs moqueries le heurtaient tellement que ses os tombaient par terre, un par un. Il

fallait trouver un moyen pour arrêter tout ça, pensa Marie-Anne.

— Juliette… Pourquoi aimes-tu
terroriser les gens ?

— Mais… parce que je suis un
fantôme ! répliqua la revenante.

— Les fantômes gentils n'exis-
tent pas ? questionna la jeune fille.

— Peut-être… mais ils ne
travaillent pas pour le vampire,
répondit Juliette.

— Pourquoi, toi, tu travailles
pour ce monstre ?

— Parce que… parce que je n'ai
pas le choix ! Sinon le vampire
a promis d'envoyer des revenants
terroriser ma petite sœur. Et je
ne veux pas qu'il lui arrive du
mal ! s'écria Juliette en sanglotant
presque. Et c'est pareil pour tous
les autres fantômes, ajouta-t-elle.

C'était donc ça… Le vampire
utilisait le chantage pour garder

ces fantômes à son service. Car il ne pouvait à lui seul effrayer tous les enfants de la Terre. Marie-Anne détestait ce genre d'individu sans cœur. Il lui vint alors une idée… Un plan se formait dans sa tête. Et seule une petite espiègle courageuse aurait pu y penser…

— Vous n'avez jamais songé à vous rebeller ?

— Mais… mais comment ? répondit Juliette, soudain intriguée.

Marie-Anne exposa son plan à Juliette. Il leur suffisait de former un groupe uni contre le maître des lieux. Tous devaient refuser le sale boulot que le vampire leur confiait. Ils n'auraient alors plus rien à craindre pour tous ceux qu'ils aimaient. Plus aucun fantôme ne viendrait les épouvanter. Mais pour cela, il fallait que tous les fantômes se mettent d'accord.

Alors, les menaces du vampire ne fonctionneraient plus.

Juliette trouva l'idée géniale. Elle appela aussitôt les autres revenants. Enfin, le rat pouvait respirer un peu. Il était essoufflé d'avoir tant couru pour échapper à Matis. Le squelette put, lui, ramasser ses os tombés par terre. Marie-Anne l'aida à les remettre au bon endroit. Pendant ce temps, la discussion était animée entre tous les fantômes. Les trois compagnons se tenaient un peu à l'écart. Ils attendaient le verdict avec impatience. Finalement, Juliette vint les trouver.

— Ça n'a pas été facile, mais… ta proposition a été acceptée !

— Qu'est-ce qui a été accepté sans que j'en sois d'abord informé ?… dit une voix grave d'outre-tombe.

Le soleil venait de se coucher.
Et le vampire venait de se lever…

11

Le vampire

Le vampire devait bien mesurer près de trois mètres de haut. Il portait une longue cape noire qui traînait sur le sol. Tout son corps était enveloppé dans ce sombre vêtement. Il avançait lentement vers le groupe de fantômes quand il remarqua Marie-Anne.

— Qu'est-ce qu'un être humain vivant fait dans mon château ? tonna-t-il. J'aimerais bien savoir qui a eu l'audace de la laisser vivre ! Ou plutôt devrais-je dire : qui a eu ce manque de jugeote... Vous savez pourtant ce qu'il en coûte de me désobéir !

La voix du maître de la nuit était forte, puissante. On aurait dit qu'elle sortait d'un haut-parleur. Elle résonnait partout dans la grande salle. Marie-Anne la sentait vibrer dans sa poitrine et cela lui rappelait quand son frère faisait jouer sa musique au maximum dans sa chambre. Elle était très impressionnée par le vampire. Elle ne l'avait pas imaginé aussi grand. La jeune fille comprenait mieux pourquoi tout le monde en avait peur. Les fantômes avaient tous été décidés à l'affronter, mais maintenant qu'il était là... on sentait leur volonté vaciller. La blondinette décida alors de prendre les choses en main.

— Vous n'avez pas à les punir, monsieur le vampire. Je suis venue par moi-même au château. Ce n'est la faute d'aucun de ces fantômes.

— Qu'es-tu venue faire dans mon château alors ? Tu sais très bien que tu ne repartiras pas d'ici vivante... AH, AH, AH !

Marie-Anne tentait de se contrôler. Il était vraiment horrifiant, cet horrible monstre.

— Je suis venue chercher mon ami Bidon, dit-elle.

— Bidon ?... Ah oui, ce pingouin... Ce fauteur de troubles... Eh bien, il est prisonnier. Et il va pourrir dans une de mes cellules jusqu'à la fin de ses jours ! Je pourrais bien le tuer... mais ça m'amuse de le voir dépérir. AH, AH, AH !

— C'est faux !

— Bidon ! cria Marie-Anne.

Le valeureux pingouin venait de surgir dans la grande salle. On entendait des murmures dans le groupe de fantômes. Ainsi donc, il n'avait pas été capturé. Le vampire avait menti… Bidon rejoignit aussitôt Marie-Anne.

— Bidon, pourquoi t'étais-tu enfui ? lui demanda la blondinette.

— Nous réglerons ces choses plus tard… répondit le pingouin. Pour l'instant, nous avons un vampire à combattre. Mais… qu'est-ce que ce rat et ce squelette font ici ? s'étonna-t-il.

— Ce sont des amis… Ils sont venus m'aider à te retrouver.

— Comme c'est touchant… J'espère qu'ils sont eux aussi prêts à livrer bataille !

Inspirés par le courage de Marie-Anne et la bravoure de Bidon, le rat et le squelette avancèrent d'un pas. Ils se mirent au garde-à-vous, tels de vaillants soldats. Encouragés par leur attitude, les fantômes avaient aussi resserré les rangs. Tout ce beau monde était maintenant plus uni que jamais derrière la jeune fille et son fidèle compagnon d'aventures.

— Alors, vampire... Que dites-vous de ça ? lança Bidon par bravade.

— Je réponds que j'ai plus d'un tour dans mon sac...

Sa voix grave et menaçante fit trembler toute l'assemblée. Le vampire leva ensuite son bras droit et tira une baguette de sa manche gauche.

— Il va nous jeter un sort ! cria Juliette. Il faut l'en empêcher !

Sans réfléchir, Marie-Anne prit la main de Bidon. Ils se jetèrent un bref regard. La situation commandait une réaction rapide. D'un commun accord, ils se ruèrent sur

le monstre aux canines pointues. Jamais personne n'avait osé faire cela. Ils auraient peut-être dû…

Sous la force de l'impact, le vampire bascula avant d'avoir pu prononcer sa formule magique. Marie-Anne et Bidon étaient très fiers de leur coup. Mais ce qu'ils découvrirent ensuite les laissa bouche bée. D'ailleurs, le rat, le squelette et tous les fantômes avaient aussi la bouche grande ouverte. Quelle n'était pas leur surprise de constater que le maître des lieux n'était pas celui qu'ils pensaient. Gisaient par terre Igor sur des échasses brisées et un petit bonhomme pas plus haut que trois pommes.

— Mais… où est le vampire ? s'interrogea Marie-Anne.

Honteux, Igor se défit de ses échasses et aida le petit homme à se relever. Ce dernier tenait toujours la baguette magique dans sa main. Mais elle était cassée en deux. Dans son cou était accroché un haut-parleur. C'était donc ça le secret du vampire…

— Vous n'êtes pas un vampire ? s'étonna Marie-Anne.

— Plutôt un phénomène de foire, si tu veux mon avis, pouffa Bidon.

— Vampire, magicien, scientifique… dit le petit homme en enlevant son dentier. Peu importe. Ce sont des détails. La vérité, c'est que je suis puissant ! Enfin… je l'étais.

— Mais pourquoi vous déguisiez-vous ? s'enquit la jeune fille.

— Ça me semble évident, intervint Bidon. Qui aurait peur d'un nain ? s'esclaffa-t-il en faisant rire du même coup tous les fantômes.

— Ton insolent petit ami a malheureusement raison… répondit le faux vampire. Maintenant que mon secret est démasqué… toute ma carrière est foutue… Mon empire de la peur : kapout…

Le petit homme éclata alors en sanglots. Igor voulut le consoler, mais il l'écarta du revers de la main.

— Laisse-moi. Je ne le mérite pas… parvint-il à formuler au travers de ses sanglots. D'ailleurs, allez-vous-en. Tous ! Laissez-moi seul… Fichu… je suis fichu…

— Un peu plus et on prendrait ce monstre en pitié, gloussa Bidon.

Marie-Anne lui signifia de se taire. C'était plus fort qu'elle. La blondinette ne pouvait résister à une crise de larmes. Les fantômes, eux, en profitèrent pour obéir une dernière fois à leur ancien maître. Ils déguerpirent chacun de leur côté, trop heureux de ne plus avoir à effrayer personne. Même le fidèle Igor s'en alla, à regret. Le rat et le squelette s'avancèrent. Ils ne voulaient pas ajouter au malaise de la situation… Mais on leur avait promis quelque chose.

— Pardonnez-moi de vous déranger… commença le rat, mais j'aimerais savoir si vous avez au moins des pouvoirs magiques…

— Et moi, on m'avait parlé d'un emploi… ajouta le squelette.

La mine du faux vampire s'illumina un peu. Il y avait encore quelqu'un pour croire en lui. Tout n'était peut-être pas perdu. Le rat et le squelette lui expliquèrent leur cas. Le petit homme les entraîna avec lui et leur dit qu'il pouvait sûrement faire quelque chose pour eux.

— Tu crois qu'on peut les laisser partir avec lui ? s'inquiéta Marie-Anne. Ils vont recommencer à épouvanter les gens…

— Tu sais, sans la peur, comment savoir si on est courageux ? déclara Bidon. Vaincre ses peurs, ça permet de grandir. Tu en sais quelque chose…

La jeune fille comprenait très bien où Bidon voulait en venir. Depuis qu'elle n'avait plus eu besoin de lui, elle l'avait abandonné sur son bureau. Elle ne lui avait même plus jeté un regard ni adressé la parole. Arriva ce qui devait arriver…

— Pourquoi es-tu parti ? lui demanda-t-elle en étouffant ses émotions.

— Je ne voulais pas finir mes jours dans un cimetière à poussière sur ton bureau. Les toutous ont besoin des bras d'un enfant pour vivre…

— Mais tu es à moi ! s'écria Marie-Anne. Je t'aime, moi !

— Moi aussi… Mais à quoi bon être un simple souvenir ?

— Je ne comprends pas pourquoi tu cherchais un enfant dans le monde du vampire !

— Parce que… Parce que je ne croyais pas qu'il existait dans notre monde un enfant aussi extraordinaire que toi.

— Tu es fou ! lui lança-t-elle avant de le prendre dans ses bras.

Marie-Anne prit alors une décision. Elle aimait assez Bidon pour le laisser partir. Après tout ce qu'il avait fait pour elle, il le méritait. Elle savait déjà à qui elle allait le donner. Sa petite voisine allait hériter d'un fameux toutou. Et, comme ça, ils ne seraient pas si éloignés l'un de l'autre. Bidon fut ravi par la proposition.

— Merci. C'est un beau cadeau que tu m'offres là.

— Tu vas voir, tu seras bien avec elle. Elle est très gentille, dit Marie-Anne.

Ça allait être difficile pour chacun de vivre l'un sans l'autre. Mais c'était mieux ainsi.

— Tu crois qu'elle a peur d'une chose ou deux ? Je veux bien être un gentil pingouin… mais j'ai aussi besoin d'action ! Après tout ce que j'ai vécu avec toi, je ne peux plus m'en passer, ajouta Bidon en rigolant. Maintenant, il faudrait savoir comment retourner dans notre monde…

— Je crois qu'il y a un moyen, déclara Marie-Anne.

La jeune fille raconta comment elle avait aperçu son frère dans la rivière, plus tôt.

— Moi aussi, je t'y ai vue, s'écria Bidon. C'est pour ça que j'ai plongé, pour te retrouver !

Les deux amis comprirent alors pourquoi le crocodile avait mangé toutes ces personnes. Cette eau était magique ! Et le grand reptile en était le gardien. Tous ces gens devaient avoir essayé de sortir du monde du vampire… en plongeant dans la rivière pour retrouver ceux qu'ils aimaient.

— J'ai vu un puits dans le jardin du vampire, l'informa Bidon.

— Tu penses que…

— Allons voir…

Au centre de la pelouse, le puits les attendait. Marie-Anne jeta un coup d'œil à l'intérieur et vit Jocelyn en train de la chercher avec une lampe de poche. Il hurlait son nom.

— Marie-Anne ! Maaarrriiie-Aaannnneee ! Attends que je trouve, toi...

— Je sens que je vais avoir de la difficulté à lui expliquer tout ça... pouffa la jeune fille.